Caroline, la fée du camp d'été

Un merci spécial à Tracey West

Catalogage avant publication de Bibliothèque et Archives Canada

Meadows, Daisy
[Cara the camp fairy. Français]
Caroline, la fée du camp d'été / auteure et illustratrice, Daisy
Meadows ; texte français d'Isabelle Montagnier.
(L'arc-en-ciel magique)
Traduction de: Cara the camp fairy.
ISBN 978-1-4431-3617-4 (couverture souple)
I. Montagnier, Isabelle, traducteur II. Titre. III. Titre: Cara the
camp
fairy. Français IV.Collection: Meadows, Daisy L'arc-en-ciel magique.
PZ23.M454Car 2014   j823'.92   C2013-907975-0

Édition publiée par les Éditions Scholastic,
604, rue King Ouest, Toronto (Ontario) M5V 1E1

5 4 3 2 1   Imprimé au Canada 139   14 15 16 17 18

Caroline, la fée du camp d'été

Daisy Meadows

Texte français d'Isabelle Montagnier

Éditions
SCHOLASTIC

Le château
de glace du
Bonhomme
d'Hiver

La forêt

CAMP
IGLOO

Le lac

Le camp Igloo

Fiasco au camp!

Canots, jeux et guimauves grillées...
mes gnomes adorent les camps d'été.
Moi qui n'aime que le froid et la glace,
les feux de camp et les chants m'agacent!

Alors, je viderai le lac de son eau,
les activités artisanales seront un fiasco.
Les campeurs se perdront dans les bois
et vivront des moments d'effroi.

**Dans les illustrations de ce livre, retrouve
les 8 lettres dissimulées dans les feuilles,
puis remets-les dans le bon ordre afin de former
le nom d'un insecte qui vole souvent autour
des feux de camp.**

Table des matières

Des traces de gnomes

— J'ai du mal à croire que nous sommes enfin au camp d'été! s'exclame joyeusement Rachel Vallée.

— Moi aussi, dit sa meilleure amie Karine Taillon. Nous pouvons faire toutes nos activités préférées en un seul endroit et mieux encore, nous allons les faire ensemble!

1

Rachel et Karine se sont rencontrées lors de vacances sur la magnifique Île-aux-Alizés. Comme elles n'habitent pas dans la même ville, elles ne se voient pas tous les jours. Alors, quand les parents des fillettes ont suggéré qu'elles aillent toutes les deux au camp d'été Beauchêne, elles ont bondi de joie. Rachel et Karine sont arrivées la veille. Maintenant, elles sont dans le chalet d'artisanat et font des dessins qu'elles décorent avec des brins de laine.

— Tout d'abord, dessinez votre modèle sur le papier, explique la monitrice. Tout le monde l'appelle Marjo, mais son vrai nom est Marjolaine Boyer.

Rachel dessine une fée. Elle regarde le papier de

Karine et voit que son amie a dessiné une
fée elle aussi. Les deux fillettes échangent
un sourire.

— Maintenant, étalez de la colle aux
endroits que vous coloreriez normalement,
poursuit Marjo. Puis enroulez des brins de
laine et posez-les sur la colle, comme ceci.

Elle leur montre le dessin d'un arbre
réalisé avec de la laine. Des brins de laine
verte sont collés sur les feuilles et de la

laine brune garnit le tronc. Mais les brins de laine se détachent et tombent sur l'une des bottes de Marjo.

— C'est bizarre, dit-elle en touchant le papier. Cette colle ne vaut rien du tout.

— La mienne non plus, se plaint une fillette aux cheveux roux.

Marjo fronce les sourcils.

— Il fait peut-être trop chaud, dit-elle en repoussant une mèche de ses cheveux blonds. J'ai une autre idée! Allons plutôt nous amuser avec l'appareil à projection de peinture.

Marjo se rend vers une grande machine qui se trouve sur une table d'un côté du chalet. Rachel, Karine et les autres fillettes se rassemblent autour d'elle pour l'observer.

— C'est facile, explique Marjo, ses yeux verts brillant d'entrain. On met du papier sur le plateau rotatif et on verse des gouttes de peinture dessus pendant qu'il tourne.

Elle presse un flacon de peinture orange au-dessus du plateau. *Splaf!* Le bouchon tombe et, au lieu de quelques gouttes, le contenu tout entier du flacon se déverse sur le plateau.

— Baissez-vous! s'écrie Marjo. Rachel et Karine s'accroupissent immédiatement. De la peinture orange vole partout! Marjo arrête la machine, mais il est trop tard. Tout le monde est couvert de taches.

— Oh non! gémissent quelques fillettes. Rachel glousse.

— On dirait que nous sommes couvertes de paillettes, dit-elle.

Mais Marjo n'est pas d'humeur joyeuse.

— Dépêchez-vous d'aller vous nettoyer, annonce-t-elle. Les activités d'artisanat sont annulées. Nous allons faire une randonnée pédestre!

Les campeuses s'empressent de laver les taches de peinture et enfilent des tee-shirts propres arborant le logo blanc et vert du camp Beauchêne. Puis elles se mettent en rang à la lisière de la forêt.

— Restez sur le sentier et suivez-moi! commande Marjo.

Rachel et Karine restent en arrière du groupe.

— Rachel, comprends-tu ce qui est arrivé dans le chalet d'artisanat? chuchote Karine.

Rachel lui jette

un regard entendu et répond :

— Je trouve que ça ressemble à un tour du Bonhomme d'Hiver.

Rachel et Karine parlent à voix basse parce qu'elles partagent un grand secret. Elles sont amies avec les fées! Elles savent que le méchant Bonhomme d'Hiver joue toujours de vilains tours aux fées et aux humains avec l'aide de ses gnomes.

— Mais que ferait le Bonhomme d'Hiver dans un camp d'été? s'étonne Karine. Il préfère le froid, non?

Soudain, Marjo s'arrête au beau milieu du sentier.

— Regardez! Voici des traces que nous pouvons essayer d'identifier, dit-elle.

Les fillettes l'entourent tandis qu'elle se penche pour examiner les empreintes de plus près.

— C'est étrange, dit-elle. Je croyais que c'étaient des traces de chevreuils ou de ratons laveurs. Mais on dirait de grands pieds nus. Qui se promènerait donc dans la forêt nu-pieds?

Karine et Rachel savent précisément qui fait ce genre de chose.

Les gnomes!

Un tour de passe-passe

Rachel et Karine ne peuvent pas parler des gnomes en présence de la monitrice et des autres campeuses. Elles doivent attendre la nuit, quand tout le monde est rassemblé autour du feu de camp pour raconter des histoires. Les deux fillettes s'assoient sur une table de pique-nique non loin.

— Tu as vu ces traces? demande Karine. Je suis sûre que le Bonhomme d'Hiver et ses gnomes sont près d'ici!

— S'ils avaient causé des problèmes, les fées nous auraient déjà demandé de l'aide, non? s'étonne Rachel.

Karine hoche la tête.

— Elles ne savent peut-être pas que le Bonhomme d'Hiver est ici.

Rachel fronce les sourcils.

— Si seulement on avait un moyen de les contacter.

— Hum, dit Karine.

Puis ses yeux s'illuminent.

— On a la poussière magique des fées!

En effet, le roi Obéron et la reine Titania ont offert à chaque fillette un médaillon rempli de poussière magique. Elles peuvent l'utiliser pour se rendre au Royaume des fées en cas de besoin.

— Mais nous ne pouvons pas aller au Royaume des fées maintenant, fait remarquer Rachel. Ce sera bientôt l'heure d'aller se coucher. Marjo nous cherchera.

Karine réfléchit.

— On pourrait la saupoudrer sur quelque chose, suggère-t-elle. Comme un miroir ou une bulle. Quelque chose qui nous permettrait de voir ce qui se passe au Royaume des fées.

Rachel montre une flaque d'eau au pied de la citerne.

— À ton avis, ça ferait l'affaire?

— Parfait! répond Karine.

Les fillettes s'assurent de ne pas être vues. La lumière pâle de la lune éclaire la flaque d'eau sur laquelle Karine saupoudre un peu

de sa poussière magique.

L'eau trouble se met à miroiter, puis les visages de la reine Titania et du roi Obéron apparaissent à la surface.

— Bonjour, Rachel et Karine, dit la reine. Quelle bonne surprise!

— Je regrette de devoir vous annoncer de mauvaises nouvelles, répond Karine. Nous pensons que le Bonhomme d'Hiver et ses gnomes sont ici, au camp Beauchêne.

Le roi et la reine semblent stupéfaits.

— Nous allons immédiatement vous envoyer Caroline, la fée du camp d'été, dit le roi.

— Merci beaucoup, répond Rachel.

Puis la flaque s'obscurcit de nouveau et

une nuée de
lucioles
encercle
les fillettes.
Leurs
lumières
jaunes
clignotent.
L'une d'elles
devient
de plus en plus

grande et finit par exploser en un nuage
d'étincelles, comme un feu d'artifice
miniature.

Une fée apparaît devant Karine et
Rachel. Elle a les joues couvertes de taches
de rousseur et ses cheveux blond foncé

sont coiffés en deux tresses. Elle porte une camisole de couleur vive, un short ainsi qu'un joli sac à dos.

— Bonjour, les campeuses! lance-t-elle joyeusement. J'ai entendu dire que vous aviez vu un gnome.

Karine salue Caroline de la main.

— On a vu des traces de gnomes! corrige-t-elle.

— Et toutes les activités d'artisanat ont mal tourné aujourd'hui, ajoute Rachel.

Caroline fronce les sourcils.

— Cela n'aurait pas dû arriver. Dans mon sac à dos, j'ai trois objets magiques qui rendent le camp d'été vraiment amusant pour tout le monde.

16

Elle enlève son sac à dos et le tapote.

— Oh! Peut-on les voir? demande
Rachel.

— Bien sûr, répond Caroline.

Elle volette jusqu'à la table de pique-
nique, ouvre son sac à dos et le vide. Trois
grosses roches grises s'en échappent.

— Oh non! s'écrie Caroline. Les gnomes
du Bonhomme d'Hiver ont dû les voler!

— As-tu laissé ton sac à dos quelque part

sans surveillance? demande Karine.

— Non, dit Caroline en secouant la tête.
Mais l'autre jour, j'étais dans les bois près
du château du Bonhomme d'Hiver quand
j'ai rencontré des fées qui avaient besoin
d'aide. Elles faisaient du
camping et ne savaient
pas comment allumer
un feu. J'ai posé mon sac
à dos sur le sol pendant
quelques minutes.

— Ces fées devaient
être des gnomes déguisés, suppose Karine.

Caroline hoche la tête.

— Ils ont dû remplacer les objets
magiques par des roches pendant que
j'avais le dos tourné!

— Quels sont les pouvoirs de tes objets
magiques? demande Rachel.

— Chaque objet donne
plus d'entrain au camp d'été,
explique Caroline. Mon
bracelet d'amitié garantit que

les activités du camp seront
amusantes et excitantes. Ma

bouteille d'eau permet à tous
les campeurs du monde
de combattre la chaleur
et ma boussole les

empêche de se perdre.

— C'est sans doute pour ça que la
peinture a jailli de partout et que la colle
ne collait pas, constate Karine.

— Exactement. À cause de la disparition
du bracelet d'amitié, conclut Rachel.

Caroline bat nerveusement des ailes.

— Nous devons retrouver ces gnomes, et
vite! déclare-t-elle.

— Rachel! Karine! crie une voix.

Caroline agite sa baguette.

— Il faut que j'y aille!

La fée disparaît alors qu'une petite fille aux cheveux bruns coupés court arrive en courant. C'est Katia. Elle a quelques années de moins que Rachel et Karine, mais elle ne les lâche pas d'une semelle.

— C'est l'heure du couvre-feu, annonce Katia. Mais je ne vais pas dormir tout de suite. Et vous? Je vais lire mon livre, une histoire de fées, sous mes couvertures avec ma lampe de poche.

— Ça semble amusant, dit Rachel. Karine et moi aimons les fées aussi.

Katia lève un visage rayonnant vers les deux amies et renchérit :

— Elles sont formidables, n'est-ce pas? J'aimerais tellement en rencontrer une vraie!

Rachel et Karine échangent un sourire. Elles savent qu'elles sont très chanceuses d'être amies avec les fées.

— J'espère que Caroline reviendra bientôt, murmure Rachel tandis qu'elles retournent à leur chalet.

— Moi aussi, dit Karine. Si on ne retrouve pas rapidement les trois objets magiques, le camp d'été risque d'être gâché!

Le camp Igloo

Au camp Beauchêne, les dortoirs se trouvent dans des chalets rustiques. Karine et Rachel dorment dans des lits superposés avec cinq autres fillettes de leur âge. Leur groupe s'appelle les « Ratons rigolos ».

Le lendemain, après le déjeuner, les monitrices du camp rassemblent les Ratons rigolos, les Écureuils épatants, les Suisses souriants et les Mignonnes mouffettes au bord du lac pour aller faire un tour en canot. L'eau scintille sous le soleil. Une rangée de canots sont amarrés au ponton.

— Hum, le niveau du lac semble un peu bas aujourd'hui, dit Marjo à une autre monitrice.

— Il y a assez d'eau pour faire du canot, dit une autre monitrice aux tresses brunes.

Marjo souffle dans son sifflet.

— Ratons rigolos, écoutez-moi : Nous allons prendre ces deux canots. Mettez vos gilets de sauvetage, s'il vous plaît.

— Je ne suis jamais montée dans un canot, dit Karine en enfilant son gilet de sauvetage.

— C'est un peu comme

faire de la voile, mais il faut ramer,
explique Rachel. C'est amusant!

Marjo et les autres monitrices montent
en premier dans les canots.

— Bon, dit Marjo, veuillez monter dans
les canots une personne à la fois. Ne sautez
pas, sinon nous allons chavirer!

Rachel monte la première. Elle met le
pied dans une flaque d'eau.

— Marjo, est-ce que c'est normal qu'il y ait de l'eau ici? demande Rachel.

— Notre canot prend l'eau aussi, lance une autre monitrice.

— Et le nôtre aussi!

Marjo secoue la tête.

— On dirait que rien ne se passe bien aujourd'hui.

Elle souffle dans son sifflet.

— Les filles, vous avez une heure de libre! annonce-t-elle.

Rachel sort du canot.

— Mes souliers sont trempés, dit-elle à Karine.

— C'est à cause du bracelet d'amitié qui a

disparu, répond Karine à voix basse.
Caroline a dit que sa magie aide à
rendre les activités du camp amusantes
et passionnantes. Jusqu'à présent, presque
toutes les activités ont été gâchées!

— Alors, je sais ce que nous ferons
pendant notre temps libre, dit Rachel.
Nous chercherons le Bonhomme d'Hiver.

Karine hoche la tête. Puis elle remarque
un trait de lumière vive à l'orée de la forêt.
Elle donne un coup de coude à Rachel.

— Regarde, je crois que c'est la magie
des fées, dit-elle.

Les fillettes se
précipitent vers la forêt.
En s'approchant, elles
aperçoivent Caroline qui
agite sa baguette, assise
sur une feuille de chêne.

— Heureusement que vous m'avez repérée, dit-elle.

— Nous avons une heure de libre, explique Karine. Nous pouvons t'aider à trouver le Bonhomme d'Hiver.

— Mais je l'ai déjà trouvé, dit Caroline en descendant de la feuille.

Elle sourit et ajoute :

— Le Bonhomme d'Hiver et ses gnomes sont de l'autre côté de la forêt. Ils ont aménagé leur propre camp d'été.

— Mais pourquoi? s'étonne Rachel.

— Qui sait? réplique Karine. C'est sans doute là qu'ils gardent les objets magiques.

— Exactement, dit Caroline.

— Nous devons nous y rendre en vitesse, fait remarquer Karine. Nous avons peu de temps.

Caroline agite sa baguette.

— Alors, nous irons là-bas en volant.

Des nuées de poussière magique déferlent sur les fillettes. Elles deviennent de plus en plus petites. Bientôt, elles sont de la même taille que Caroline et des ailes se déploient dans leur dos.

— Allons-y! s'exclame Caroline.

Les trois amies traversent la forêt à tire-d'aile et arrivent de l'autre côté. Puis elles s'arrêtent et volent sur place, dissimulées par un grand pin.

— Vous voyez? dit Caroline en tendant
le doigt.

On dirait que le Bonhomme d'Hiver
s'est installé dans un camp abandonné. Sur
un grand panneau en bois, l'inscription
CAMP DES PINS VERTS a été en partie
barrée avec de la peinture aérosol verte
et le nom du camp a été remplacé par
IGLOO.

Des gnomes vêtus de tee-shirts arborant
les mots « Camp Igloo » se promènent
parmi les chalets délabrés. Un seul semble
en bon état et brille d'une lueur magique.
Les murs sont peints en vert et un énorme
climatiseur ronronne à la fenêtre avant.

— Ce doit être le chalet du Bonhomme
d'Hiver, suppose Karine. Il préfère le
froid.

Puis les fillettes entendent des cris perçants provenant d'un autre chalet. On dirait que des gnomes se disputent.

— Suivez-moi, dit Caroline. Karine et Rachel s'empressent de la suivre. Elles traversent le camp et s'arrêtent sur le rebord poussiéreux de la fenêtre du chalet.

— C'est là où les gnomes font de l'artisanat, murmure Rachel.

De la peinture, de la colle, des paillettes, des bâtonnets, des pompons et d'autres fournitures d'artisanat sont rangés sur des étagères tout autour de la pièce. Plusieurs gnomes verts au long nez sont assis à une table et font de la peinture. Comme

d'habitude, ils ne cessent de se disputer.

— C'est mon pinceau!

— Non, je l'avais en premier!

À une autre table ronde, des gnomes font (ou essaient de faire) des dessins avec des brins de laine. Ils font gicler de la colle les uns sur les autres et s'entortillent dans les pelotes de laine!

— Hé! D'après leurs dessins, ils ne semblent pas avoir de problèmes avec leur colle et leur peinture! fait remarquer

Karine.

— Le bracelet d'amitié doit être tout

près, dit Caroline d'un

ton enthousiaste.

Elle s'approche

de la fenêtre.

Rachel aperçoit

quelque chose de

brillant sur une

étagère, à l'intérieur

d'un bac en plastique rempli de bracelets

d'amitié, de fil coloré et de perles. Elle

avise Caroline.

— C'est mon bracelet! s'écrie la petite

fée.

— Il faudra passer devant les gnomes

pour le prendre, dit Karine en soupirant.

Ils vont nous voir.

Rachel réfléchit.

— J'ai une autre idée. Les gnomes essaient toujours de se déguiser pour nous tromper. Nous pourrions nous déguiser nous aussi, suggère-t-elle.

— Nous déguiser en quoi? demande Karine.

Rachel sourit :

— En gnomes, bien sûr!

Une fée créative

Caroline tape des mains.

— C'est parfait! Mais où trouverons-
nous des costumes de gnomes? demande
Karine.

— La créativité est ma spécialité,
explique Caroline. Comme nous sommes
proches de mon bracelet d'amitié, ma
magie créative devrait bien fonctionner.

Caroline brandit sa baguette et du papier

de construction vert, de la laine verte et des tubes de peinture verte apparaissent. Puis elle agite de nouveau sa baguette. Des étoiles dorées et des feuilles d'arbres en jaillissent lorsqu'elle se met à chanter une petite comptine :

Laine, peinture et papier,
transformez ces deux fées
en deux gnomes extra
que personne ne démasquera.

Émerveillées, les fillettes regardent les divers éléments s'assembler pour former deux costumes de gnomes : des chemises

38

vertes, des pantalons verts et de longs nez
verts. Caroline agite encore sa baguette
et les costumes apparaissent par magie
sur les fillettes qui ont retrouvé leur taille
normale!

Rachel et Karine se regardent pendant
quelques instants.

— On ressemble vraiment à des gnomes,
constate Rachel avec un petit rire.

Caroline sourit et s'accroupit sur le
rebord de la fenêtre.

— Je vais faire le guet. Bonne chance!

Rachel et Karine sont un peu nerveuses. Contrairement aux fées, les gnomes ne sont pas gentils du tout.

Les fillettes entrent dans le chalet d'artisanat. Les gnomes crient encore et se disputent tout en essayant de se coller des bâtonnets de bois les uns sur les autres.

— Le Bonhomme d'Hiver veut treize cadres comme ça, aboie un grand gnome. Alors, dépêchez-vous de les fabriquer!

— Mais nous ne savons pas comment nous y prendre, se plaint un autre gnome. C'est trop difficile!

À ce moment-là, le grand gnome remarque Rachel et Karine.

— Hé! Vous deux! lance-t-il.

Les deux fillettes se figent. Se serait-il rendu compte qu'elles sont déguisées?

— Que faites-vous, plantés là comme des piquets? Fabriquez des cadres! ordonne-t-il.

— Nous ferions mieux de l'écouter, chuchote Rachel.

Les fillettes se mettent au travail. Elles alignent des bâtonnets en bois et les collent ensemble.

Le gnome assis à côté de Rachel lui donne un coup de son coude noueux.

— Hé! Tu sais comment faire!

— Bien sûr, dit Rachel en prenant la
voix grave d'un gnome. C'est facile. Je vais
te montrer.

Les fillettes montrent aux gnomes
comment faire. Bientôt, ils sont tous
joyeusement occupés à
faire des cadres et ils

oublient de se disputer.
— Ce camp n'est
pas si mal après
tout, fait remarquer
l'un des gnomes.

— Tu as raison, acquiesce un autre.
Quand le Bonhomme d'Hiver a installé ce
camp, j'ai cru que son cerveau avait gelé.
Mais il a bien fait; c'est vrai que c'est plutôt
amusant.

— Dommage qu'il ne veuille pas sortir
au soleil avec nous, ajoute un autre gnome.

Le grand gnome se met à glousser.

— C'est pour ça que nous avons dû voler les objets magiques de Caroline, la fée du camp d'été. Si le Bonhomme d'Hiver ne peut pas s'amuser au soleil, alors personne ne s'amusera!

— Voilà la raison pour laquelle il a volé les objets magiques, murmure Karine à Rachel.

Rachel jette un coup d'œil autour d'elle. Les gnomes sont encore occupés à coller les cadres.

— Viens, dit-elle à voix basse. Prenons le bracelet et sortons d'ici.

Sur la pointe des pieds, les fillettes se rendent jusqu'à l'étagère qui contient le bac des bracelets d'amitié. Rachel voit le

bracelet qui luit, tend la main, le saisit et le glisse dans sa poche. Il brille de la magie des fées.

Alors que les deux amies se dirigent vers la porte, l'un des gnomes recule et heurte Karine. Son faux nez se détache!

Le gnome pousse un cri de surprise.

— Hé! Ce ne sont pas des gnomes! s'écrie-t-il. Ce sont les filles qui aident les fées!

Rachel saisit le bras de Karine.

— Courons! crie-t-elle.

Les suisses à la rescousse

— Ne les laissez pas s'échapper! lance le grand gnome.

Les gnomes se précipitent vers la porte et leur barrent le chemin.

— Vite, dit Karine à Rachel en montrant le mur du fond et en enlevant le reste de son costume. Nous pouvons passer par cette fenêtre ouverte.

Elles foncent vers la fenêtre. Rachel arrive la première. Elle se hisse sur le rebord, mais les gnomes sont juste derrière elle. Les fillettes arriveront-elles à se sauver?

— Arrêtez-vous, les gnomes! Sur-le-champ! crie une voix.

C'est Caroline! La petite fée entre par la fenêtre et agite sa baguette magique. Toutes les bouteilles de colle se mettent à flotter dans les airs et répandent leur contenu sur le plancher du chalet!

Les gnomes essaient de soulever leurs pieds, mais ils restent collés au plancher.

— Nous ne pouvons plus bouger! crient-ils.

— Rachel! Karine! Vite! dit Caroline
d'une voix insistante.

Les fillettes grimpent par la fenêtre et
suivent Caroline vers
la forêt.

Rachel jette un
coup d'œil par-
dessus son épaule.
Plusieurs gnomes

qui se trouvaient dans un autre chalet les poursuivent!

Karine les voit aussi.

— On les sèmera peut-être dans la forêt!

Les deux fillettes courent à toutes jambes. Elle atteignent le sentier de la forêt suivies de Caroline qui vole derrière elles.

— Le camp Beauchêne devrait être juste derrière ces pins! s'exclame Karine.

Mais quand elles passent les pins, elles ne voient que d'autres arbres. Karine s'arrête pour reprendre son souffle.

— C'est bizarre, dit-elle. On devrait déjà être arrivées au camp.

— Tu as raison, acquiesce Caroline. On dirait qu'on tourne en rond.

Karine se frappe le front de la main.

— C'est ça! s'écrie-t-elle. Le Bonhomme d'Hiver a encore la boussole magique qui empêche les campeurs de se perdre.

Caroline s'envole vers la cime des arbres.

— Je vais me rendre au-dessus des arbres pour voir où on est.

À cet instant, une voix retentit :

— Ne bougez plus!

Les fillettes s'immobilisent. Une douzaine de gnomes émergent des arbres et les encerclent.

L'un d'eux s'avance.

— Donnez-nous le bracelet d'amitié magique, ordonne-t-il.

— Que se passera-t-il si nous ne vous le donnons pas? demande Caroline.

— Eh bien, nous… Aïe! crie le gnome.

Les autres gnomes se mettent à hurler de douleur eux aussi.

— Aïe! Aïe! Aïe! Aïe!

Caroline éclate de rire.

— Regardez!

Une armée de suisses s'est rassemblée autour des gnomes et les bombarde de glands!

— Sauvez-vous! Sauvez-vous! crie l'un des gnomes.

Les gnomes décampent et l'un des suisses trottine vers Caroline et les fillettes.

— Merci beaucoup, mes amis, dit Caroline. Vous connaissez bien cette forêt. Pourriez-vous nous aider à retourner au camp Beauchêne?

Les suisses poussent de petits cris joyeux et prennent les devants en courant. Les fillettes et Caroline suivent ces jolies petites bêtes parmi les arbres jusqu'à la

lisière de la forêt, près du camp Beauchêne.

— Merci! lancent Karine et Rachel en regardant les suisses faire demi-tour.

Puis Rachel plonge la main dans sa poche.

— Ceci t'appartient, Caroline, dit-elle.

Elle tend le bracelet d'amitié magique à la petite fée.

— Oh! Merci! s'écrie Caroline d'un ton joyeux. Tous les éloges que j'ai entendus à votre sujet étaient donc vrais!

Elle agite sa baguette au-dessus du bracelet d'amitié. Il rapetisse jusqu'à reprendre sa taille du Royaume des fées. Puis Caroline le remet dans son sac à dos.

— Dorénavant, toutes les activités et tous les jeux du camp seront amusants, promet-elle.

— Rachel! Karine!

Les deux amies se retournent. Katia accourt vers elles.

Karine regarde derrière elle.

— Caroline, il faut que tu…

Mais la petite fée est déjà partie.

Les yeux bruns de Katia brillent.

— Avez-vous vu cette chose aux ailes brillantes? Je parie que c'était une fée!

— Es-tu sûre que ce n'était pas un papillon? s'empresse de demander Karine. Il y a beaucoup de jolis papillons par ici.

Katia fronce les sourcils.

— Nous pouvons prétendre que c'était une fée, dit Rachel à la petite fille. Et si on jouait à chercher des fées?

— J'espère qu'on en trouvera une vraie! dit Katia.

Puis elle pousse un gros soupir et ajoute:

— Je voudrais tellement que les fées existent!

Elle part en courant en direction du camp.

— Si seulement on pouvait lui dire que les fées existent vraiment, chuchote Rachel.

— Le Bonhomme d'Hiver existe vraiment lui aussi, répond Karine à voix basse. Nous devons trouver les deux derniers objets magiques le plus rapidement possible si on veut s'amuser au camp Beauchêne!

Quelle chaleur!

Table des matières

On pagaie, on pagaie!

— Allez, debout les Ratons!

La voix enjouée de la monitrice retentit dans le chalet. Rachel s'assoit sans se presser et se frotte les yeux. Karine enfouit son visage sous son oreiller.

— C'est déjà le matin? demande-t-elle.

— C'est le matin et on dirait qu'il va faire chaud aujourd'hui, dit Marjo.

Mais ne vous inquiétez pas. Nous avons prévu plein d'activités amusantes! Le déjeuner sera servi dans quinze minutes! Je ne veux pas que mes Ratons rigolos soient en retard.

Rachel occupe le lit du haut. Elle saute à terre.

— Oh là là! Marjo a raison, dit-elle. Il fait déjà très chaud.

— Ma foi, c'est l'été. C'est normal qu'il fasse chaud, dit Karine en bâillant.

Les deux amies s'habillent et se rendent à la cafétéria avec les autres fillettes de leur groupe. Elle sont au camp depuis trois jours seulement, mais elles sont déjà toutes devenues amies. Il y a Bianca, qui a les

cheveux roux, Sophie, qui a des taches de rousseur, Madeleine, qui fait rire tout le monde, et Alicia et Agnès, les jumelles.

À la cafétéria, les autres campeuses s'éventent avec leurs assiettes en attendant leur tour.

— On étouffe ici, se plaint Rachel.

Karine montre du doigt un coin de la cafétéria et s'exclame :

— Regardez! Je crois que les ventilateurs sont en panne.

Deux des monitrices examinent un gros
ventilateur dans un coin
de la pièce.

— Il est branché, mais
il ne fonctionne pas,
dit l'une d'entre elles.

Karine et Rachel
échangent un regard.

— C'est à cause de la
disparition de la bouteille d'eau, murmure
Rachel. Caroline dit qu'elle permet de
combattre la chaleur.

— Nous ne nous rafraîchirons jamais si
nous ne reprenons pas la bouteille d'eau au
Bonhomme d'Hiver, répond Karine à voix
basse.

Pendant que les fillettes mangent des
œufs, du bacon et des céréales, Marjo
annonce :

— Votre attention s'il vous plaît! Les
canots ont été réparés. Après le déjeuner,
nous irons au lac pour nous baigner et
nous rafraîchir!

Tout le monde pousse des cris de joie.

Dès qu'elles ont fini de manger, Karine,
Rachel et les autres fillettes des Ratons
rigolos retournent au chalet pour mettre
leurs maillots de bain et leurs sandales.
Elles en ressortent chargées de serviettes et
de bouteilles de crème solaire. Marjo les

attend à l'extérieur.

— Bravo, les filles! Vous êtes les premières. Mettez-vous en rang et suivez-moi.

Le sourire aux lèvres, les fillettes et leur monitrice empruntent le sentier ensoleillé qui mène au lac.

— Je vais vous apprendre votre première chanson de camp, dit Marjo. Il vous suffit de répéter les paroles après moi.

— D'accord! répondent les Ratons
rigolos.

Marjo se met à chanter et les fillettes
l'imitent :

On pagaie, on pagaie!
On pagaie, on pagaie!
Mais où t'as mis tes pagaies?
Mais où t'as mis tes pagaies?
Sous les grands cocotiers!

Sous les grands cocotiers!
Mais les crocos les ont croquées!
Mais les crocos les ont croquées!
On n' peut pas pagayer!
On n' peut pas pagayer!
Alors il va falloir nager!
Alors il va falloir nager!
Mais les crocos vont nous manger!
Mais les crocos vont nous manger!
On n' peut plus traverser!
On n' peut plus traverser!

Les fillettes chantent de plus en plus fort. Quand elles arrivent au lac, elles rient tellement qu'elles en ont presque oublié la chaleur!

Soudain, Marjo s'arrête.

— Attendez une minute, dit-elle en tendant le bras pour arrêter le groupe. Il y

a quelque chose qui cloche.

Marjo s'approche de l'eau et se tourne vers les campeuses.

— Le niveau du lac est encore plus bas qu'hier, dit-elle. Il n'y a pas assez de profondeur pour faire du canot et ce n'est peut-être pas prudent de se baigner non plus.

Rachel, Karine et les autres fillettes courent jusqu'au bord du lac. Il fait à peine un mètre de profondeur.

— C'est terrible! s'exclame Rachel.

— Et c'est la faute du Bonhomme d'Hiver, chuchote Karine à son amie.

Une journée torride

Tous les Ratons rigolos sont maintenant au bord du lac. Les fillettes grognent en voyant le niveau de l'eau.

Marjo et les autres monitrices se réunissent et discutent à voix basse pendant quelques minutes. Puis elles se tapent dans la main et se dispersent.

— Écoutez, dit Marjo. Il semble qu'on

ne va pas pouvoir faire
du canot ni se baigner
aujourd'hui. Rendez-vous
devant les chalets pour
une bataille de bombes à
eau!

Cette annonce est accueillie par un
concert d'exclamations joyeuses.

— Ça me paraît amusant, dit Rachel.

— Et rafraîchissant aussi, renchérit
Karine.

Elle baisse la voix et ajoute :

— Si seulement on avait l'occasion
de retourner au camp du Bonhomme
d'Hiver...

— On ne peut rien faire avant la période
de temps libre, dit Rachel. Mais je te
parie que Caroline essaie de récupérer sa
bouteille d'eau magique en ce moment.

— Ratons rigolos, mettez-vous en
rang! crie Marjo. Répétez après moi : On
pagaie, on pagaie...

Rachel et Karine se mettent en rang
et les Ratons rigolos retournent aux
chalets en chantant. D'autres campeuses
se joignent à elles. Chaque groupe essaie
de chanter plus fort que les autres et le
vacarme est assourdissant.

Quand elles arrivent devant les chalets,
les fillettes ont plus chaud que jamais.

Marjo les emmène vers un robinet derrière la cafétéria. L'une des monitrices la rejoint et lui tend un sac de ballons gonflables.

— Travaillons à la chaîne, dit Marjo. Rachel et Karine, vous allez remplir les ballons d'eau. Sophie, Alicia et Agnès, vous allez faire les nœuds. Madeleine et Bianca, essayez de trouver un seau pour y mettre les ballons remplis d'eau.

Rachel ouvre le robinet. Elle met la main sous l'eau qui s'en écoule. D'abord, elle est très fraîche et Rachel s'en asperge le visage. Mais quand elle remet la main sous l'eau, elle est devenue tiède. Rachel

fronce les sourcils.

— Je ne crois pas que cette bataille de bombes à eau va nous rafraîchir, dit-elle.

Les Ratons rigolos travaillent à la chaîne pour remplir tous les ballons. Bientôt, le seau est plein.

Partout dans le camp, les fillettes des autres chalets remplissent leurs ballons d'eau, elles aussi.

— Les Ratons rigolos, prenez autant de ballons que vous pouvez, dit Marjo, et mettez-vous en cercle.

Lorsque toutes les campeuses ont trouvé

leur place, Marjo souffle dans son sifflet.

— Et c'est parti! s'exclame-t-elle.

Rachel lance un ballon droit devant elle. *Splaf!* Il s'écrase devant l'une des fillettes des Mignonnes mouffettes et l'éclabousse entièrement. Elle rit et lance une bombe à eau à son tour.

Splaf! Le ballon atterrit devant Rachel et Karine et les asperge. Mais au lieu d'être fraîche, l'eau est tiède et désagréable. Beurk!

L'enthousiasme des campeuses disparaît rapidement.

— Changement de programme! s'écrie Marjo. Des monitrices vont aller chercher de la crème glacée en ville. Vous pouvez faire ce que vous voulez en attendant. Je vous conseille de vous reposer dans les chalets. Vous pouvez jouer aux dames ou lire un livre. Il fait trop chaud pour faire autre chose.

Les fillettes trempées se dirigent vers les

chalets en traînant les pieds. Mais Karine et Rachel échangent un regard et un signe de tête. Elles prennent la direction de la forêt.

— J'espère qu'on a le droit, dit Karine d'un ton anxieux. Marjo nous a dit de rentrer au chalet.

— Elle l'a *conseillé*, fait remarquer Rachel. C'est différent. De plus, nous devons trouver la bouteille d'eau magique. Sinon, nous ne pourrons jamais nous rafraîchir!

— Tu as raison, dit Karine en hochant la tête. Allons-y!

Les deux amies retrouvent facilement le sentier qui traverse la forêt. Elles le suivent jusqu'à un carrefour de quatre chemins.

Rachel fronce les sourcils.

— Je ne me souviens pas d'être passée par ici, dit-elle.

— Moi non plus, dit Karine. Prenons l'un de ces chemins et voyons où il mène.

Les fillettes empruntent le deuxième chemin sur la droite et le suivent à travers la forêt. Mais elles doivent s'arrêter de nouveau en arrivant à un autre carrefour.

— Je ne me souviens *vraiment pas* de ça, dit Rachel.

Karine écarquille ses yeux noirs.

— Oh non! Tu te souviens de ce qui est arrivé hier? Le Bonhomme d'Hiver a la boussole magique qui empêche les campeurs de se perdre!

— Nous nous sommes encore perdues! s'écrie Karine.

À l'aide, Caroline!

Pouf! Caroline fait son apparition juste à ce moment-là. L'air scintille de magie tout autour d'elle.

— Les filles! dit-elle. Je suis vraiment désolée. J'ai passé toute la matinée à essayer de m'introduire dans le chalet du Bonhomme d'Hiver. Mais maintenant qu'il est au courant de notre présence, il a mis des gardes partout!

— Merci de nous venir en aide, dit
Karine. Nous commencions à croire que
jamais nous ne sortirions de cette forêt.

— Je peux voler au-dessus des arbres et
vous guider, propose Caroline. Mais je
pense que ça ne sert à rien d'aller au camp
Igloo. Nous devons trouver une autre
stratégie.

Karine réfléchit, puis dit :

— Si nous ne pouvons pas entrer dans
le camp Igloo, nous devons trouver un
moyen d'en faire sortir les gnomes.

— Mais comment être sûres qu'ils apporteront la bouteille d'eau magique? demande Rachel.

Karine hausse les épaules.

— Il fait tellement chaud aujourd'hui. Il y a de grandes chances qu'ils apportent de l'eau!

— Ce ne sera pas facile de les faire sortir du camp, fait remarquer Rachel.

Caroline papillonne tout autour des fillettes.

— Ils veulent vraiment récupérer le bracelet d'amitié. Nous pourrions l'utiliser comme appât et les attirer loin de leur camp, suggère-t-elle en tapotant anxieusement son sac à dos. Mais ça pourrait être dangereux. Je ne voudrais pas perdre encore mon bracelet.

— Il reste beaucoup de fil brillant dans notre chalet d'artisanat, se rappelle Karine. Nous pourrions faire un faux bracelet d'amitié pour les tromper.

Rachel hoche la tête et ajoute :

— Oui, nous pouvons prendre une couverture et nous installer à l'orée de la forêt pour faire des bracelets d'amitié. Je suis sûre que les gnomes viendront traîner dans les parages.

— Et je peux me cacher dans les arbres

et les surprendre! renchérit Caroline d'un ton enthousiaste. Si l'un d'entre eux a la bouteille d'eau magique, je la rapetisserai avec ma baguette. Puis je la saisirai au vol avant qu'ils aient eu la chance de m'attraper!

— C'est un très bon plan, déclare Rachel.

— Mais tout d'abord, il faut rentrer au camp et nous sommes perdues, rappelle Rachel.

— Plus maintenant! chantonne gaiement Caroline.

Elle s'envole très haut dans les airs, au-dessus de la cime des arbres.

— Regardez le ciel et suivez les étincelles magiques! crie-t-elle.

Le piège est prêt

Karine et Rachel lèvent les yeux et voient une étoile qui brille au-dessus des arbres et leur indique le chemin. Elles la suivent. Quelques minutes plus tard, elles sont de retour au camp!

— Attends ici, Caroline, dit Rachel à la petite fée. Nous allons chercher les fournitures dont nous avons besoin. Nous revenons tout de suite!

Elles aperçoivent alors une fourgonnette qui arrive avec quelques monitrices à bord. L'une d'entre elles en descend, chargée d'une grande glacière.

— Crème glacée! Crème glacée! Venez en chercher! crie-t-elle.

Karine regarde Rachel.

— Tu crois que la crème glacée sera bonne malgré la disparition de la bouteille d'eau magique?

— Il y a une seule façon de s'en assurer, dit Rachel en souriant.

Elles accourent vers la monitrice et font la queue pour avoir de la crème glacée. La monitrice leur tend un bâtonnet en bois et une petite coupe sur laquelle il est écrit CRÈME GLACÉE AU CHOCOLAT.

— Voyons voir, dit Karine en soulevant
le couvercle.

Rachel regarde à l'intérieur de sa coupe.
La crème glacée bouillonne!

— Oh non! s'exclame-t-elle.

— C'est du chocolat chaud! gémit une
autre fillette.

— C'est bon, mais ça
ne nous rafraîchira pas,
dit Karine en prenant une
gorgée du liquide.

Elle lance un regard à Rachel et murmure :

— Nous devons nous dépêcher de mettre notre plan à exécution.

Elles courent vers le chalet d'artisanat et rassemblent toutes les fournitures nécessaires : du fil scintillant, des perles brillantes, une paire de ciseaux, deux morceaux de carton et du ruban adhésif. Puis elles retournent au chalet des Ratons rigolos et prennent une petite couverture qui appartient à Karine.

Elles retournent à l'orée de la forêt et
Karine étend la couverture par terre. Les
deux fillettes s'assoient dessus et étalent
les fournitures pour faire des bracelets
d'amitié.

Caroline les rejoint en battant des ailes
avec entrain. Elle volette dans les airs entre
ses deux amies.

— Il y a beaucoup de gnomes qui
patrouillent dans la forêt à la recherche
du bracelet d'amitié, annonce-t-elle. Vous
pourriez parler des bracelets d'une voix
très forte. S'ils vous entendent, je suis sûre
qu'ils arriveront au pas de course.

— D'accord, dit Rachel.

Elle frissonne légèrement en imaginant
les gnomes qui les poursuivent.

Caroline remarque son inquiétude.

— Ne t'en fais pas, Rachel. Je vais vous

surveiller constamment.

— D'abord, nous devons faire un bracelet qui ressemble au bracelet magique, lui rappelle Karine.

— C'est vrai, dit Caroline. Je m'en occupe!

Elle agite sa baguette, et quatre fils brillants flottent dans les airs au-dessus de la couverture et s'entrelacent. Des petites perles scintillantes se glissent dans les fils tandis que le bracelet prend forme.

Quelques secondes
plus tard, un bracelet
scintillant retombe
sur la couverture.

— Il est parfait! s'écrient Rachel et
Karine à l'unisson.

— C'est une bonne imitation, mais il n'a
aucun pouvoir magique, dit Caroline en
leur adressant un clin d'œil. Les gnomes
vont bientôt arriver. Je ferais mieux de me
cacher!

La petite fée s'empresse de se dissimuler
parmi les arbres.

Rachel choisit un fil rose,
un bleu, un jaune et un
vert. Elle en coupe une
longueur équivalant à la
distance entre ses doigts et
son coude. Puis elle attache

les quatre fils ensemble à une extrémité. Elle colle le bout sur un morceau de carton pour le maintenir en place et commence à tisser les fils en insérant des perles brillantes de temps en temps.

— C'est formidable de pouvoir faire de nouveau des bracelets, dit Karine d'une voix forte. Heureusement que Caroline nous a donné son bracelet d'amitié magique!

Karine s'attend à ce que les gnomes arrivent en courant, mais tout reste calme

et paisible. De plus, il fait un peu moins chaud à l'ombre des arbres.

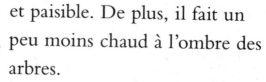

— Oh là là! Comme c'est amusant de faire des bracelets d'amitié! s'exclame encore Karine en criant presque.

Puis elles entendent quelque chose :
des bruits de pas dans la forêt et des voix
étouffées de gnomes.

— Ça vient d'ici, dit un premier gnome.

— Pff! Qu'il fait chaud aujourd'hui, se
plaint un deuxième.

Un autre gnome se joint à la
conversation.

— Heureusement que nous avons
la bouteille d'eau magique avec nous!
déclare-t-il.

Karine jette un coup d'œil vers les arbres pour s'assurer que Caroline a bien entendu.

Les gnomes surgissent sur le sentier. Les fillettes voient qu'un grand gnome porte autour du cou une bouteille d'eau scintillante attachée par un cordonnet.

— Il nous l'a apportée, murmure Karine à Rachel.

À ce moment-là, le grand gnome repère les deux amies.

— Emparez-vous du bracelet! ordonne-t-il aux autres.

Poursuite dans la forêt

Tandis que les gnomes se précipitent vers Rachel et Karine, Caroline descend des arbres en vitesse. Elle tient devant elle sa baguette qui se met à luire.

Le grand gnome est le premier à la remarquer.

— Attrapez son sac à dos! C'est là qu'elle garde les objets magiques!

Karine brandit le faux bracelet d'amitié.

— Non, le bracelet d'amitié est ici!
s'écrie-t-elle.

Mais les gnomes sont déterminés à
attraper Caroline. L'un d'entre eux saute
en l'air et lui arrache son minuscule sac à
dos.

— Youhou!
Je l'ai! lance-t-il
avec joie en balançant
le minuscule sac à
dos au bout de son
doigt.

Rachel doit faire quelque chose et vite!
Elle fonce sur le gnome. Il tombe à la
renverse et lâche le sac à dos. Caroline s'en
empare et s'envole à tire-d'aile hors de sa
portée.

— Caroline, garde ton sac à dos
en sécurité, crie Karine. Nous allons

récupérer la bouteille d'eau!

Le grand gnome baisse les yeux vers la bouteille d'eau accrochée à son cou.

— Il n'en est pas question! affirme-t-il.

Puis il tourne les talons et s'enfuit, suivi des autres gnomes.

— Venez! lance Karine. Nous devons les attraper avant qu'ils arrivent au camp Igloo!

Les fillettes courent à toutes

jambes, mais les gnomes sont plus rapides qu'elles. Des feuilles craquent sous leurs pieds tandis qu'elles esquivent les arbres pour essayer de rattraper les gnomes et la bouteille d'eau magique. Bientôt, la forêt devient moins dense et les deux amies aperçoivent les chalets du camp Igloo.

— Nous n'allons pas y arriver! gémit Karine.

À ce moment-là, un grand bruit retentit dans la forêt. Une énorme

branche morte s'abat sur le sentier.

Tous les gnomes trébuchent sur la branche tombée et s'entassent les uns sur les autres.

— *Ouille! Du barches dur bon nez!* se plaint un gnome d'une voix étouffée.

— Enlève ton coude de mon oreille! crie un autre.

Alors que les gnomes s'efforcent de se relever, la bouteille d'eau magique se détache du cou du grand gnome et roule en direction des fillettes.

Rachel s'empresse de la ramasser.

— Rachel, regarde! dit Karine en montrant la bouteille du doigt.

Un castor à la fourrure brune se tient debout sur ses pattes arrière près de la branche morte. Il adresse un petit salut amical aux deux fillettes.

— Ce castor doit être un ami de Caroline, constate Karine.

— Oui, Henri est mon ami, dit Caroline qui vient à leur rencontre. Merci pour ton aide, cher Henri. Maintenant, envolons-nous avant que ces gnomes ne se démêlent!

Caroline agite sa baguette et transforme les fillettes en fées. Rachel lui tend la bouteille d'eau et Caroline la range dans

son sac à dos.

— Attrapez-les! crie le grand gnome en se relevant.

Heureusement, Karine et Rachel volent bien plus vite que les gnomes ne courent! Elles foncent vers la cime des arbres, laissant les gnomes furieux loin derrière.

En arrivant à la lisière de la forêt, Karine repère Katia près de leur couverture de pique-nique.

— Rachel, Karine, où êtes-vous? appelle Katia.

— Il vaudrait mieux nous retransformer, dit Karine en battant des ailes.

— Bien sûr, acquiesce Caroline. Merci de m'avoir aidée à récupérer ma bouteille d'eau magique. Je pense que vous allez trouver les activités du camp Beauchêne beaucoup plus rafraîchissantes maintenant.

Caroline, Karine et Rachel se posent sur le sol en s'assurant que Katia ne les voit pas. Puis Caroline agite sa baguette et les fillettes reprennent leur taille habituelle.

— Nous devons encore trouver la boussole magique, rappelle Rachel.

Caroline fronce les sourcils.

— Je sais, mais je ne crois pas qu'on devrait tendre un autre piège aux gnomes.

C'est trop dangereux.

— Alors, que devrait-on faire? demande
Karine.

— Je suis sûre que nous trouverons
une idée, dit Caroline avec entrain. Les
campeuses sont excellentes pour résoudre
les problèmes! En attendant, allez vous
amuser. Par contre, je vous conseille de
ne pas aller dans la forêt tant que nous
n'aurons pas trouvé la boussole. Je ne veux
pas que vous vous perdiez!

Puis Caroline agite sa baguette et
disparaît dans une pluie de poussière
magique scintillante. Rachel et Karine
vont retrouver Katia près de la
couverture de pique-nique.

— Ah! Vous voilà! s'écrie
la petite fille. Étiez-vous
à la recherche des fées?

Moi, j'en ai vu! J'en suis sûre! Ce n'étaient pas des papillons! Elles étincelaient! Ça ne pouvait être que des fées!

Katia les aurait-elle vues voler avec Caroline?

Soudain, elles entendent des hourras provenant du camp. Cette distraction est la bienvenue. En effet, Karine et Rachel ne peuvent pas partager leur secret avec la petite fille! Elles replient la couverture et courent en direction du bruit, accompagnées de Katia.

Toutes les campeuses se ruent vers le lac. En arrivant au bord de l'eau, Rachel et Karine comprennent la raison de ces cris de joie : le niveau du lac est remonté! Il paraît suffisamment profond maintenant.

— Bonne nouvelle! annonce Marjo. L'eau est revenue. Allez vous baigner!

Karine et Rachel s'éclaboussent dans l'eau délicieusement fraîche.

— Les choses sont presque redevenues normales, dit Karine.

Rachel hoche la tête.

— J'ai tellement hâte de retrouver la boussole magique! On va montrer au Bonhomme d'Hiver de quel bois on se chauffe. Nous ne le laisserons pas gâcher le camp d'été!

Des campeuses
déboussolées

Table des matières

Autour du feu de camp

— Ce bâtonnet glacé est si froid qu'il me gèle le cerveau! s'exclame Rachel en faisant une grimace.

— Ce matin, je croyais que je n'aurais plus jamais froid, alors ça ne me dérange pas! dit Karine en riant.

À la cafétéria, les fillettes savourent des bâtonnets glacés à la cerise. Les autres campeuses des Ratons rigolos sont ravies elles aussi. Madeleine a un bâtonnet au raisin. Elle tire la langue.

— Regardez! Je deviens violette, dit-elle.

Tout le monde éclate de rire.

— Je suis contente qu'il fasse plus frais; rester autour de feu de camp sera agréable ce soir, dit Sophie.

Bianca hoche la tête.

— Oui, nous aurions toutes fondu!

— J'espère que nous allons chanter les mêmes chansons que l'année dernière, reprend Sophie.

— Karine et moi ne connaissons aucune des chansons du camp, leur dit Rachel. C'est notre première année ici.

— Oh, elles sont faciles à retenir! déclare Sophie.

À ce moment-là, Katia

se rue vers la table des Ratons rigolos.

— Rachel, Karine, voulez-vous jouer à chercher des fées? demande-t-elle.

— Nous aimerions bien jouer aux fées avec toi, répond Karine, mais il commence à faire noir.

Katia prend un air triste.

— On jouera demain, d'accord? promet Rachel.

Katia hoche la tête.

— D'accord, dit-elle doucement en retournant à la table des Écureuils épatants.

Karine se penche vers Rachel.

— Ça me rappelle... murmure-t-elle.
Nous devrions parler à Caroline avant
d'aller au feu de camp.

Les deux fillettes se lèvent.

— À tout à l'heure, disent-elles aux
autres Ratons rigolos.

Elles quittent la cafétéria et se rendent
dans un endroit tranquille entouré de pins.
Le soleil couchant jette des ombres tout
autour d'elles.

— Caroline, es-tu ici? demande Rachel.

Pouf! La minuscule fée apparaît devant
les deux amies. Elle tient à la main une

branche au bout de laquelle
se trouve une guimauve.

— Hé! dit-elle en souriant.
J'étais sur le point de faire
griller des guimauves! Tout

va bien?

— Tout va bien, répond Karine.

— Cette fraîcheur est agréable, ajoute Rachel.

Caroline sourit.

— Le roi Obéron et la reine Titania ont été heureux d'apprendre que nous avons retrouvé la bouteille d'eau magique.

— Mais le Bonhomme d'Hiver a encore la boussole, rappelle Karine.

— Je sais, dit Caroline en hochant la tête. Mais on ne peut pas pourchasser les gnomes dans le noir. Ce soir, vous devriez vous amuser au camp, toutes les deux.

— Nous allons chanter des chansons autour du feu de camp, lui dit Rachel.

Les yeux de Caroline s'illuminent.

— Oh! J'adore les chansons de camp! dit-elle. Puis-je venir avec vous?

— Il faudrait que tu te caches, fait
remarquer Karine.

Caroline réfléchit un instant. Puis elle
fait claquer ses doigts. Tout son corps se
met à luire. En même temps, elle devient
de plus en plus petite. Bientôt, elle est aussi
petite qu'une luciole!

Elle vole vers Karine et se pose sur le
bout de son nez.

— Qu'en pensez-vous? demande-t-elle.

— Tu ressembles vraiment à une luciole!

s'exclame Rachel.

— C'est un bon
déguisement, mais tu
me chatouilles le nez, dit
Karine en riant. Je crois
que je vais éternuer!

— Désolée, dit Caroline.

Elle s'envole et fonce entre les fillettes,
traçant des tourbillons lumineux dans l'air.

Les deux amies regagnent le centre
du camp. Les autres campeuses se sont
rassemblées autour d'un beau feu aux
flammes orange. Le ciel est bleu sombre
et les premières étoiles commencent à
scintiller. Rachel et Karine s'assoient
ensemble sur un tronc d'arbre. Karine sent
Caroline se poser sur son épaule.

— Les filles, annonce Marjo, on va
chanter!

Elle commence à chanter à tue-tête et les autres campeuses se joignent à elle :

Si tu aimes le soleil, frappe des mains!
Si tu aimes le soleil,
frappe des mains!
Si tu aimes le soleil, le
printemps qui se réveille,
si tu aimes le soleil,
frappe des mains!
Si tu aimes le soleil, tape
des pieds!
Si tu aimes le soleil, tape
des pieds!
Si tu aimes le soleil, le
printemps qui se réveille,
si tu aimes le soleil, tape
des pieds!

Très vite, Rachel et Karine chantent elles aussi.

— Sophie avait raison, dit Karine. C'est facile!

Elles chantent plusieurs chansons. Karine entend la voix ténue de Caroline dans son oreille. Quand elles finissent la dernière chanson, le ciel est noir. La lune éclatante luit au-dessus d'elles. Marjo se lève.

— C'est l'heure d'aller se coucher, les filles! annonce-t-elle. Mettez-vous en rang, s'il vous plaît!

Karine et Rachel se mettent en rang avec les autres Ratons rigolos. Marjo s'avance et commence à faire l'appel.

— Alicia! Agnès! Bianca...

Soudain, l'une des monitrices pousse un cri.

— Oh non! Il manque un membre des Écureuils épatants!

Un murmure inquiet parcourt le groupe de fillettes. Marjo fronce les sourcils et se dirige vers la monitrice des Écureuils épatants.

— Qui est-ce qui manque? demande-t-elle.

— C'est Katia! s'écrie la monitrice.

À la recherche de Katia

Rachel et Karine poussent un cri.

— Elle était avec nous autour du feu de camp, j'en suis sûre, dit la monitrice. Elle a dû s'égarer.

L'une des petites filles des Écureuils épatants tire sur le tee-shirt de Marjo.

— Je sais où elle est allée, annonce-t-elle. Elle a dit qu'elle allait dans la forêt à

la recherche de fées.

— Oh non!
s'exclame Rachel en
se tournant vers son
amie. Karine, si elle est allée dans la forêt,
elle va se perdre.

— Caroline, que devrions-nous faire?
murmure Karine.

Mais elle ne sent plus la présence de
Caroline sur son épaule. Elle tourne la tête
et constate que la petite fée est partie.

— Elle est peut-être allée chercher Katia,
suppose Rachel.

— J'espère que oui, dit Karine. Nous
devrions aller à sa recherche nous aussi.

Mais le sifflet de Marjo retentit.

— Je veux que toutes les campeuses
retournent immédiatement à leur chalet!
Monitrices, quand tout le monde sera en

sécurité à l'intérieur, nous allons organiser
une battue.

Karine et Rachel n'ont pas le choix. Elles
retournent dans leur chalet.

Les autres fillettes des Ratons rigolos
s'inquiètent elles aussi.

— J'espère que rien n'arrivera à Katia, dit
Agnès.

— Je suis sûre que les monitrices vont la
trouver, affirme Bianca.

Rachel et Karine échangent un regard
entendu.

— Comme c'est le Bonhomme d'Hiver qui a la boussole, dit Karine à voix basse, les monitrices vont se perdre elles aussi!

— Je sais, répond Rachel. Nous devons les aider!

Rachel et Karine ne veulent pas désobéir
à leur monitrice, mais la situation est
grave! Pendant que les autres fillettes
discutent et mettent leurs pyjamas, elles
sortent du chalet sur la pointe des pieds.

Elles se rendent directement dans la
forêt. Elles voient la lueur jaune des lampes
de poche de Marjo et de deux autres
monitrices qui arpentent les sentiers.

— Katia! Où es-tu? appellent les monitrices.

Une luciole brillant d'une lumière vive vient à la rencontre de Karine et de Rachel. Elle devient de plus en plus grosse. Ce n'est pas une luciole! C'est Caroline!

— Je suis désolée de vous avoir quittées sans crier gare. J'espérais trouver Katia avant qu'elle ne s'éloigne trop, explique Caroline, l'air sérieux. Je ne l'ai pas encore vue, mais j'ai trouvé quelqu'un qui peut nous aider.

À ces mots, une énorme chouette descend du ciel et se pose sur une branche proche. Elle a des plumes dorées et ses yeux jaunes brillent intensément dans les ténèbres.

— Je vous présente Minuit, dit Caroline. Elle peut voir la nuit et elle va nous aider à trouver Katia. Mais vous devrez voler vous aussi.

Elle prend une poignée de poussière magique dans son sac à dos et ouvre la main. Puis elle souffle dessus, envoyant des étincelles brillantes sur les fillettes qui se transforment immédiatement en fées!

Karine, Rachel et Caroline volent jusqu'à Minuit et s'assoient sur son dos. Elles  s'accrochent fermement aux plumes de l'oiseau, douces et solides sous leurs doigts. La chouette s'envole et s'élève au-dessus des arbres.

Minuit vole bien plus vite que les fées!

— J'ai peur! s'écrie Karine dont les

tresses flottent au vent.

Rachel esquisse un sourire et lance :

— J'aimerais toujours aller vite comme ça!

À ce moment-là, Minuit commence à décrire un cercle dans les airs. Elle a repéré Katia!

— Elle est là! crie Caroline en tendant le doigt.

La petite fille est assise au pied d'un arbre; elle a peur et elle pleure.

— Minuit, peux-tu te poser près d'ici? Il ne faut pas que Katia nous voie.

La chouette descend lentement jusqu'au sol de la forêt. Rachel et Karine sautent à terre.

— Merci, Minuit, dit Karine.

— Je vais vous transformer, dit Caroline aux fillettes en agitant sa baguette. Allez

chercher Katia. Minuit sera dans les arbres
et elle vous guidera jusqu'au camp.

Les fillettes hochent la tête. Elles
écoutent d'où viennent les pleurs et
courent en direction de Katia. Son visage
s'illumine en les voyant.

— Rachel, Karine! Vous m'avez trouvée!
s'écrie-t-elle en se relevant d'un bond.

Elle fait un gros câlin à Rachel.

— Je cherchais des fées, mais je n'en ai pas trouvé et je me suis perdue!

— Tu n'es plus perdue, dit Rachel. Viens, rentrons au camp.

Karine entend un bruissement dans les arbres et voit que Minuit s'est perchée sur un arbre tout près.

— C'est par là, dit Karine.

Les fillettes suivent Minuit le long du sentier. La chouette vole silencieusement et lentement devant elles, leur montrant le chemin.

Quelques minutes plus tard, elles entendent des voix devant elles et aperçoivent la lueur de lampes de poche. Marjo et les autres monitrices discutent du chemin à prendre. Marjo voit alors les trois fillettes sur le sentier.

—Juste ciel! Katia!

Katia court vers Marjo et la serre dans ses bras.

— Je suis si contente que tu sois saine et sauve! dit Marjo.

Puis elle remarque Rachel et Karine et poursuit :

— Que faites-vous ici toutes les deux?

— Nous avons entendu Katia pleurer

depuis le chalet, répond Karine sans hésiter.

— Alors, nous avons couru dans cette direction, ajoute Rachel.

Marjo fronce les sourcils.

— Je sais que vous vouliez nous aider, mais vous ne devriez jamais aller dans la forêt en pleine nuit. Et si vous vous étiez perdues, vous aussi?

— À propos, dit l'une des monitrices, comment allons-nous rentrer au camp?

Karine remarque Minuit perchée dans un arbre, à droite, le long du sentier.

— Je suis presque sûre que c'est par là. Suivez-moi.

Avec l'aide de Minuit, tout le monde rentre au camp sans encombre. Rachel et Karine se rendent tout droit au chalet des Ratons rigolos, mais avant d'entrer, elles lèvent les yeux et regardent le ciel. Minuit décrit des cercles au-dessus d'elles et une petite lumière vive la suit.

— Merci Minuit, chuchote Rachel.

— Merci à toi aussi, Caroline, ajoute Karine.

Ne perdons pas le nord!

Le lendemain, Rachel et Karine bavardent pendant le déjeuner.

— Katia aurait pu se blesser dans la forêt la nuit dernière, dit Rachel d'un ton inquiet.

Karine hoche la tête.

— Le Bonhomme d'Hiver est allé trop loin. Non seulement il gâche le plaisir de tout le monde, mais en plus il met la vie des campeuses en danger!

Après le déjeuner, Marjo annonce le programme.

— Dans une heure, nous ferons un tournoi de volley-ball. En attendant, vous êtes libres de faire ce que vous voulez.

— Parfait! dit Karine à Rachel.

Elles débarrassent assiettes et couverts et se précipitent vers la forêt.

— Caroline! Es-tu ici? demande Rachel.

Elles entendent du bruit dans un arbre et lèvent la tête. Elles voient Caroline qui parle à un rouge-gorge sur une branche. Lorsque la petite fée les aperçoit, elle descend les rejoindre.

— Je me doutais que je vous verrais toutes les deux ce matin, dit-elle en souriant.

— Nous devons retrouver la boussole magique et vite! s'exclame Rachel.

— Je sais, dit Caroline. Mais les gnomes gardent le camp du Bonhomme d'Hiver. Ce ne sera pas facile.

— Nous devons tout de même essayer, renchérit Karine.

— C'est ce que j'appelle avoir l'esprit du camp d'été! s'écrie Caroline. Suivez-moi, les filles! Minuit m'a aidée à baliser le chemin hier soir.

Elle dirige sa baguette magique vers le sentier. Des perles scintillantes le bordent.

— Vous voyez? Il suffit de suivre les perles! dit joyeusement Caroline.

Les perles les mènent tout droit au Camp Igloo. Mais avant d'avoir pu se cacher, elles entendent une voix au-dessus d'elles :

— Les filles sont de retour! Tout le monde à vos postes!

— Oh non! gémit Caroline. Le Bonhomme d'Hiver a mis des gardes dans les arbres!

Une petite armée de gnomes sort en courant des chalets. Tous ont un lance-pierre à la main. Peu après, ils se mettent à tirer des glands sur les fillettes!

— Sauvons-nous! crie Rachel.

Elles partent en courant, suivies de Caroline. Elles ne s'arrêtent qu'une fois aux abords du camp Beauchêne.

— On l'a échappé belle! s'exclame Rachel en reprenant son souffle.

— Tu l'as dit, approuve Karine. Nous devons trouver un moyen de déjouer ces gardes.

— Mais pour le moment, vous devriez retourner au camp, leur dit Caroline. La prochaine fois que vous aurez du temps libre, je viendrai vous voir.

Rachel et Karine hochent la tête et la saluent de la main. Puis elles partent à toutes jambes.

Au camp, elles trouvent Marjo, Katia et des fillettes plus jeunes au terrain de jeux. Katia raconte son

aventure de la nuit dernière.

— Je n'ai pas vu de fées, mais j'ai vu
un autre camp de l'autre côté de la forêt,
dit-elle. Il était plein de garçons vêtus
d'uniformes verts.

Rachel donne un coup de coude à
Karine. Katia a dû voir les gnomes!

— Ce doit être un camp de scouts des
bois, dit Marjo. Autrefois, il y avait un
autre camp de garçons de l'autre côté de la

forêt. Il a dû rouvrir.

La monitrice sourit à Rachel et à Karine.

— Je me souviens, quand j'avais votre âge, les filles faisaient des raids chez les garçons et leur jetaient des bombes à eau. C'était très amusant.

— Ça semble amusant, en effet, acquiesce Rachel avec un sourire.

Marjo claque des doigts et propose :

— Et si on faisait un raid chez les scouts aujourd'hui ?

— Oh non, gémit Karine tout bas.

Elle écarquille les yeux et jette un regard affolé à Rachel.

Si Marjo donne suite à son idée, elle va mener les campeuses tout droit chez le Bonhomme d'Hiver et ses gnomes!

En guerre contre les gnomes

— Es-tu sûre qu'un raid chez les garçons est une bonne idée? demande nerveusement Karine.

— Bien sûr! répond Marjo. C'est une tradition de camp d'été!

Rachel prend Karine à part.

— Ce n'est peut-être pas une mauvaise chose, murmure-t-elle. Il y a beaucoup de

gnomes et nous ne sommes que deux
plus Caroline pour les affronter. Si toutes
les filles font un raid sur le camp, cela
nous permettra peut-être de nous faufiler
à l'insu des gardes et de récupérer la
boussole magique!

— Mais tout le monde saura
que les gnomes existent
vraiment, lui rappelle Karine.

— J'avais oublié ça, répond
Rachel en fronçant les sourcils.

Karine réfléchit, puis chuchote à son
amie :

— Tu sais, les gnomes ressemblent
vraiment à des garçons ordinaires à
première vue. Nous pourrions faire le raid
à la tombée de la nuit; dans le noir, les
filles ne verraient pas bien leurs traits.

Rachel hoche la tête.

— Bonne idée!

Les fillettes vont voir Marjo.

— Un raid serait amusant dit Karine. Pourrait-on le faire au coucher du soleil? Ça nous donnerait le temps de planifier.

— Excellente suggestion! s'exclame Marjo. Nous mettrons au point notre stratégie cet après-midi.

— Et nous savons comment nous rendre au camp des garçons, s'empresse d'ajouter Rachel en pensant au chemin balisé de perles. Nous avons aperçu le camp hier soir quand nous avons trouvé Katia.

— Parfait! dit Marjo.

Les heures suivantes se déroulent comme d'ordinaire au camp. Les fillettes jouent au volley-ball, dînent et commencent à tisser des poignées pour tenir les plats chauds. Puis Marjo convoque les campeuses les

plus âgées à une réunion à la cafétéria.

— Voici notre plan, dit-elle. Les scouts ont un camp de l'autre côté de la forêt. Juste après le souper, nous ferons un raid chez eux. Nous courrons jusqu'au camp, nous leur jetterons des bombes à eau, puis nous nous enfuirons.

Elle leur tend un sac en papier brun qui contient des ballons gonflables.

— Nous avons beaucoup de ballons à

remplir!

Les Ratons rigolos s'installent à côté d'un robinet extérieur et remplissent les ballons à la chaîne, un à la fois. Quand tous les ballons sont pleins, Rachel et Karine vont derrière la cafétéria.

Avant même qu'elles aient eu la chance de prononcer le nom de la petite fée, Caroline apparaît devant elles. Ses ailes ressemblent maintenant à celles d'un papillon orange et noir!

— Je connais votre plan, dit-elle. J'étais déguisée en papillon et je vous ai écoutées toute la journée.

Elle agite sa baguette et ses ailes reprennent leur couleur habituelle.

— Marjo est une très bonne monitrice,

dit Caroline. Ce plan est parfait pour nous! Pendant que les gnomes éviteront les bombes à eau, toutes les trois, nous chercherons la boussole magique.

La petite fée leur adresse un clin d'œil et disparaît. Les fillettes se dirigent vers la cafétéria pour souper. Tout le monde est si excité par le raid que personne n'a beaucoup d'appétit pour le poulet et la purée de pommes de terre.

Une fois les tables débarrassées, un coup de sifflet retentit.

— Ratons rigolos, Mignonnes mouffettes et Suisses souriants, annonce Marjo, mettez-vous en rang pour le grand raid chez les garçons!

Les filles les plus âgées applaudissent et poussent des cris de joie. Marjo fait signe à Rachel et à Karine.

150

— Vous deux, passez devant, dit-elle.
Vous allez nous guider.

Les autres fillettes portent les seaux
contenant les bombes à eau et se mettent
en rang derrière Rachel et Karine. Le
groupe se dirige vers la forêt et suit le
sentier bordé de perles scintillantes.

— Pouvons-nous chanter une chanson
de camp? demande Madeleine.

— Non, pas maintenant, répond Marjo.
Nous voulons les surprendre.

— Ce ne sera pas une surprise s'il y a
encore des gnomes qui font le guet dans
les arbres, chuchote Karine à Rachel.

Elles arrivent bientôt au sentier qui mène
au camp Igloo. Les gardes ne semblent pas
à leurs postes pour le moment.

— Heureusement que les gnomes sont
paresseux, dit Rachel à voix basse. Ils

doivent faire une pause.

Karine se retourne vers Marjo.

— Nous allons partir en éclaireuses pour
avoir une idée de la situation.

Les deux fillettes avancent avec
précaution sur le sentier. À travers les
arbres, elles aperçoivent les gnomes à
l'extérieur de leurs chalets. Ils jouent
au volley-ball, ou plutôt, ils essaient de

jouer...

— Ouille! Tu m'as envoyé le ballon sur le nez! se plaint un gnome.

— Il m'a échappé des mains, proteste un autre gnome.

— Ils se disputent. C'est parfait, dit Karine.

Caroline apparaît dans un nuage d'étincelles.

— Sommes-nous prêtes à y aller? demande-t-elle.

Les fillettes hochent la tête.

— Je vais aller prévenir Marjo, dit Rachel en courant sur le sentier.

Quelques secondes plus tard, Marjo et les autres campeuses se précipitent vers le camp Igloo.

— Le camp Beauchêne est le meilleur! Aucun autre n'est supérieur! se met à scander Marjo.

Les campeuses l'imitent.

Les gnomes se figent sur place. Ils arrêtent de se disputer et regardent la forêt. Puis...

PLAF!

Les bombes à eau commencent à voler de toutes parts!

— Oh non! s'écrie un gnome. C'est de

l'eau propre! Beurk!

— Aux abris! hurlent les autres gnomes.

Ils se mettent à courir dans tous les sens, se bousculant les uns les autres.

Rachel et Karine savent qu'elles doivent agir vite pendant que les gnomes sont distraits. Elles courent vers les chalets.

— La boussole magique doit être dans le chalet du Bonhomme d'Hiver, dit Caroline en surgissant à leurs côtés.

En arrivant au chalet principal, Rachel ouvre grand la porte. Un courant d'air glacial s'en échappe.

À l'intérieur, un grand homme aux cheveux blancs hérissés et au long nez pointu leur fait face.

— Le Bonhomme d'Hiver! s'écrie Karine.

Le méchant sorcier lève le bras et ouvre la main. La boussole magique luit sur sa peau pâle.

— C'est ça que vous cherchez? demande-t-il avec un sourire mauvais.

Un troc astucieux

Caroline vole courageusement jusqu'au Bonhomme d'Hiver.

— Rendez-moi ça! dit-elle avec fermeté. La boussole magique ne vous appartient pas.

Le Bonhomme d'Hiver se contente de rire.

— Elle est à moi maintenant, petite fée.

— Mais cette boussole empêche tous

les campeurs du monde entier de se

perdre, lui dit Rachel. Et la nuit dernière, Katia s'est perdue dans la forêt.

— Elle aurait pu se blesser, ajoute Karine. C'est vraiment méchant, Bonhomme d'Hiver.

— Pfft! Je veux juste m'amuser au camp, comme tout le monde! grogne le Bonhomme d'Hiver.

— Pourquoi ne pouvez-vous pas vous amuser au camp d'été? demande Karine.

— Oh... je peux faire du bricolage et nager dans un lac si je veux, répond le Bonhomme d'Hiver en roulant les yeux. Mais le soir venu, les campeurs et les campeuses s'assoient autour d'un feu de camp, font griller des guimauves et chantent des chansons. Moi, je ne peux

pas faire tout ça parce que le feu est trop
chaud!

— Alors vous voulez gâcher le séjour de
tout le monde au camp d'été parce que
vous seul ne pouvez pas vous asseoir autour
d'un feu de camp? s'enquiert Rachel.

Le Bonhomme d'Hiver hoche la tête.
Soudain, il tend la main
et attrape Caroline dans
les airs.

— Et maintenant, je
vais reprendre le bracelet
d'amitié et la bouteille
d'eau magiques.

Caroline se débat
pour échapper à la poigne du Bonhomme
d'Hiver. Il tend un long doigt pointu vers
son sac à dos.

— Attendez! s'écrie Karine. On pourrait

faire du troc!

Le Bonhomme d'Hiver reprend :

— Quelle sorte de troc?

Karine hausse un sourcil et répond :

— Je suis sûre que Caroline pourrait créer un feu magique qui serait froid au lieu d'être chaud. N'est-ce pas, Caroline?

La petite fée hoche la tête.

— Absolument! Les feux de camp magiques sont l'une de mes spécialités!

— Vous et vos gnomes pourriez faire griller des guimauves et chanter des chansons toute la nuit autour d'un feu de camp glacial, dit Karine au Bonhomme d'Hiver.

Ses yeux pâles luisent d'enthousiasme.

— Ce serait merveilleux!

— Mais je ne le ferai que si vous me rendez la boussole magique, insiste

Caroline. Marché conclu?

Le Bonhomme d'Hiver reste silencieux pendant un instant. Puis il ouvre la main et libère Caroline.

— Marché conclu! lance-t-il.

Caroline s'envole et agite sa baguette magique. Des étincelles bleutées tourbillonnent autour d'elle tandis qu'elle prononce une formule magique :

Feu de camp, brûle avec ardeur,
sans émettre aucune chaleur!

Pouf! Un beau feu de camp aux flammes ardentes apparaît devant la porte du chalet

du Bonhomme d'Hiver. Il s'en approche
lentement et passe ses mains au-dessus.

— Ces flammes sont littéralement
glaciales, s'écrie-t-il. C'est merveilleux!

— Maintenant, le moment est venu de
respecter votre promesse, fait remarquer
Rachel.

Le Bonhomme d'Hiver tend la boussole
magique.

Caroline passe sa baguette au-dessus
et lui redonne sa taille
minuscule du
Royaume des fées.
Puis elle la met dans
son sac à dos.

— Venez, dit Karine.
Partons avant qu'il ne change d'avis.

Les fillettes se ruent dehors et voient les
gnomes qui s'enfuient, pourchassés par des

bombes à eau. Ils se heurtent tous les uns contre les autres.

Puis le sifflet de Marjo retentit.

— Nous n'avons plus de ballons! Battons en retraite!

Les campeuses font demi-tour et empruntent le sentier de la forêt en courant à toutes jambes et en hurlant d'excitation.

— Je vous rejoindrai plus tard, dit Caroline à Rachel et à Karine avec un grand sourire. Je vais aller dire au roi et à la reine que nous avons trouvé la boussole magique!

La petite fée disparaît dans un tourbillon d'étincelles et les fillettes rattrapent les autres campeuses.

Quand elles arrivent au camp Beauchêne, la nuit est tombée. D'autres monitrices ont déjà fait un feu.

— Excellent raid, les filles! s'exclame Marjo en reprenant son souffle. Célébrons notre victoire avec des sandwichs choco-guimauves!

Les campeuses se rassemblent autour du feu pour faire de délicieux sandwichs avec des guimauves grillées, un carré de chocolat et des biscuits Graham.

Karine prend une première bouchée et s'exclame :

— C'est très bon!

— Je me demande si le Bonhomme d'Hiver sait comment faire des sandwichs choco-guimauves? chuchote Rachel en souriant. Les bavardages joyeux des campeuses remplissent le camp. Soudain, au loin, on entend des hurlements étranges.

— Qu'est-ce que c'est? demande Marjo.

Les fillettes se taisent et écoutent. On dirait d'affreuses voix de garçons qui

chantent faux.

> *Si tu aimes vraiment le gel,*
>> *frappe des mains!*
> *Si tu aimes vraiment le gel,*
>> *frappe des mains!*
> *Si tu aimes vraiment le gel,*
> *et l'hiver qui se réveille,*
> *si tu aimes vraiment le gel,*
>> *frappe des mains!*

Marjo secoue la tête.

— On dirait les scouts.

Rachel et Karine échangent un regard et sourient. Elles savent exactement qui sont ces chanteurs : seuls les gnomes chantent si mal!

Le lendemain matin, les fillettes sont réveillées par les rayons du soleil qui

 filtrent par la fenêtre de leur chalet. Les autres Ratons rigolos dorment encore.

Soudain, un rouge-gorge se pose sur le rebord de la fenêtre. L'oiseau tape doucement la vitre avec son bec.

— Serait-ce l'ami de Caroline? demande Karine.

Les fillettes sortent du chalet sur la pointe des pieds et s'assoient sur les marches. Caroline vole à leur rencontre.

— Allez, debout, les campeuses! dit-elle gaiement. J'ai quelque chose pour vous.

La petite fée ouvre son sac à dos et en sort trois bracelets d'amitié scintillants.

— Oh! Ils ressemblent vraiment au bracelet magique! s'écrie joyeusement

Karine.

— Il y en a un pour chacune d'entre vous et un pour Katia, dit Caroline. Le roi Obéron et la reine Titania étaient vraiment désolés qu'elle se soit perdue dans la forêt.

— Merci beaucoup, Caroline, dit Rachel.

Caroline embrasse les deux fillettes sur la joue.

— Grâce à vous, les campeurs et les campeuses du monde entier s'amuseront

bien cet été!

— Est-ce qu'on te reverra? demande
Karine.

Caroline hoche la tête.

— Si vous avez besoin de moi,
prononcez mon nom. Mais maintenant, je
dois aller arbitrer une partie de volley-ball.

Elle s'envole vers la cime
des arbres. Le rouge-gorge
la rejoint et tous deux
tournoient et virevoltent dans
le ciel.

— À bientôt, Caroline!
disent Rachel et Karine en agitant la main.

Plus tard, à la table du déjeuner, elles
voient Katia. Rachel fait un clin d'œil à
Karine et tend à la petite fille l'un des
bracelets d'amitié spéciaux.

— Celui-ci est pour toi, dit Rachel. Il

est exactement comme le nôtre, tu vois?

Katia écarquille les yeux.

— Il est si joli! On dirait un bracelet d'amitié magique. Pensez-vous que les fées existent vraiment? demande-t-elle après une pause.

Rachel et Karine échangent un sourire. Elles ne pourront jamais partager leur secret avec Katia. Après tout, ce n'est pas nécessaire.

— Elles existent si tu crois en elles,
affirme Rachel.

Karine hoche la tête.

— Rachel a raison. Si tu crois aux fées,
elles seront toujours avec toi.

Katia sourit.

— Je le savais!

LE ROYAUME DES FÉES
N'EST JAMAIS TRÈS LOIN!

Dans la même collection

Déjà parus

LES FÉES DES PIERRES PRÉCIEUSES

India, la fée des pierres de lunes
Scarlett, la fée des rubis
Émilie, la fée des émeraudes
Chloé, la fée des topazes
Annie, la fée des améthystes
Sophie, la fée des saphirs
Lucie, la fée des diamants

LES FÉES DES JOURS DE LA SEMAINE

Lina, la fée du lundi
Mia, la fée du mardi
Maude, la fée du mercredi
Julia, la fée du jeudi
Valérie, la fée du vendredi
Suzie, la fée du samedi
Daphné, la fée du dimanche

LES FÉES DES ANIMAUX

Kim, la fée des chatons
Bella, la fée des lapins
Gabi, la fée des cochons d'Inde
Laura, la fée des chiots
Hélène, la fée des hamsters
Millie, la fée des poissons rouges
Patricia, la fée des poneys

LES FÉES DES FLEURS

Téa, la fée des tulipes
Claire, la fée des coquelicots
Noémie, la fée des nénuphars
Talia, la fée des tournesols
Olivia, la fée des orchidées
Mélanie, la fée des marguerites
Rébecca, la fée des roses

LES FÉES DE LA DANSE
Brigitte, la fée du ballet
Danika, la fée du disco
Roxanne, la fée du rock'n'roll
Catou, la fée de la danse à claquettes
Jasmine, la fée du jazz
Sarah, la fée de la salsa
Gloria, la fée de la danse sur glace

ÉDITIONS SPÉCIALES
Juliette, la fée de la Saint-Valentin
Clara, la fée de Noël
Diana, la fée des demoiselles
d'honneur
Sandrine, la fée d'Halloween
Pascale, la fée de Pâques
Véronica, la fée des vacances
Blanche, la fée des neiges
Charlotte, la fée de la chance

LES FÉES DES SPORTS
Élise, la fée de l'équitation
Sabrina, la fée du soccer
Pénélope, la fée du patin

À paraître :
Béa, la fée du basketball
Nathalie, la fée de la natation
Tiffany, la fée du tennis
Gisèle, la fée de la gymnastique